Sauve
qui pou !

premières lectures

...*pour les enfants qui apprennent à lire*

Le texte à lire dans les bulles est conçu pour l'apprenti lecteur. Il respecte les apprentissages du programme de CP :

 le niveau TRES FACILE correspond aux acquis de septembre à décembre,

 le niveau FACILE correspond aux acquis de janvier à juin.

Cette histoire a été testée à deux voix par Sophie Dubern, enseignante, et des enfants de CP.

Cet ouvrage est un niveau Facile.

MIXTE
Papier issu de
sources responsables
FSC® C022030

© Éditions Nathan/VUEF (Paris, France), 2004 pour la première édition
© Éditions Nathan (Paris, France), 2007 pour la présente édition
Loi n° 49-956 du 16 juillet 1949 sur les publications destinées à la jeunesse
ISBN : 978-2-09-251410-8
N° éditeur : 10199190 - Dépôt légal : juillet 2013
Imprimé en France par Pollina - L65565

Sauve
qui pou !

TEXTE DE MYMI DOINET
ILLUSTRÉ PAR GAËTAN DORÉMUS

Nathan

Tout là-haut, qui joue sur les cheveux
de Sara ?
C'est Pablito, le plus petit des poux !

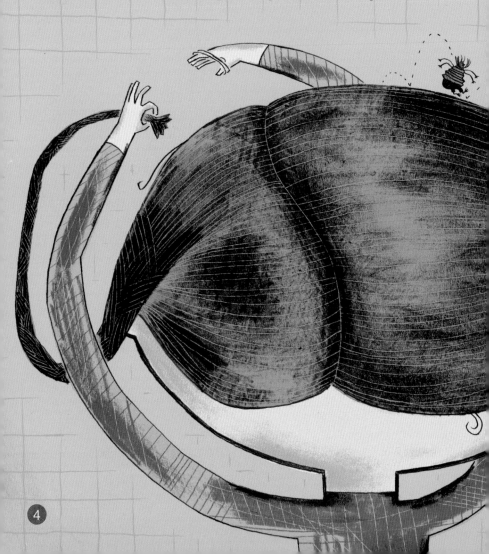

Pablito glisse sur les nattes
de Sara comme sur des toboggans,
et il rigole :

Sur cette tête,
c'est la fête !

Sara ne s'est aperçue de rien du tout.
Elle chante dans la salle de bains :

Miroir, suis-je la plus belle ?

Le miroir chuchote à sa petite princesse aux longues tresses :

Dehors, quel froid de canard !
Avant de partir à l'école, Sara met
son manteau rouge, et elle couvre
sa tête en grelottant :

Ce chapeau
va me tenir
chaud !

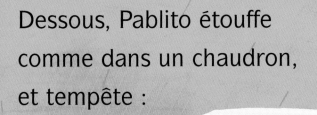

Dessous, Pablito étouffe
comme dans un chaudron,
et tempête :

En classe, Sara passe sans cesse
la main dans ses cheveux.

Ugo, son meilleur copain, la taquine :

Un mille-pattes
patine
sur tes nattes !

Assez de carabistouilles !
À force de se grattouiller la tête,
Sara s'est décoiffée. Les cheveux
tout ébouriffés, elle bougonne :

Pour de vrai Ugo,
vois-tu une grosse bête
sur ma tête ?

Ugo rit aux éclats en louchant
sur les cheveux en crinière de Sara :

Oui, je vois
un lion !

De retour à la maison, Sara se recoiffe
en ronchonnant :

Miroir, suis-je
toujours
la plus belle ?

Sara crie :

Fiche le camp, sale pou !

Le papa de Sara est bien de cet avis :

Chassons ce minus !

17

Sous la douche, Sara fait mousser
ses cheveux. Berk ! Ce shampooing
anti-pou a une odeur bizarre.
Une couronne de bulles
sur la tête, Sara marmonne
en se bouchant le nez :

Ça sent
la moutarde !

Gare à ce shampooing,

c'est un vrai poison pour Pablito !

Le petit pou s'écrie,

en surfant sur le carrelage mouillé

de la salle de bains :

La tête dégoulinante,
Sara s'inquiète :

Miroir,
suis-je la plus
belle ?

Le miroir pouffe de rire devant sa petite sirène toute trempée :

Pendant ce temps, dehors, Pablito
se précipite dans le salon de coiffure
de madame Cindy Bigoudi.

Pablito hésite. Va-t-il choisir la barbe
de monsieur Barbe bleue ?

Le petit pou s'enfuit :

Cette barbe
pique trop !

Puis, Pablito saute sur les frisettes
de mademoiselle Boucle d'or.
Le petit pou tourne en rond
et se perd dans les nœuds blonds :

Zut, où est
la sortie ?

Dans le salon de coiffure,
Pablito trouve enfin son nid :
il bondit sur les cheveux
tout brillants de gel d'Ugo !

Le lendemain, à l'école, Sara découvre
la nouvelle coiffure de son ami :

Bravo Ugo,
tu as une belle tête,
une vraie coupe
de vedette !

Ugo est d'accord, mais tout là-haut,
ça le grattouille, ça le chatouille !

À la rentrée de septembre, les enfants de CP entrent doucement en lecture. Afin de les accompagner dans cette découverte et d'encourager leur plaisir de lire, Nathan Jeunesse propose la collection **Premières Lectures**.

Chaque histoire est écrite avec des **bulles**, très simples, et des **textes**, plus complexes, dont les sons et les mots restent toujours adaptés aux compétences des élèves dès le CP.

Les ouvrages de la collection sont tous **testés** par des enseignants et proposent deux niveaux de difficulté : **Très Facile** et **Facile**.

Cette collection est idéale pour la mise en place d'une **pédagogie différenciée**, mais aussi pour une **lecture à deux voix**. Elle permet en effet de mêler la voix d'un «lecteur complice», que la lecture des textes rend narrateur, à celle d'un enfant qui se glisse, en lisant les bulles, dans la peau du personnage.

Un moment privilégié à partager en classe ou en famille !

premiers romans

Et après
les **Premières lectures**,
découvrez vite
les **Premiers romans !**

Nathan © 2011, illustrations de M. Allag, T. Baas

Nathan présente les applications Iphone et Ipad tirées de la collection *premières* **lectures**.

L'utilisation de l'Iphone ou de la tablette permettra au jeune lecteur de s'approprier différemment les histoires, de manière ludique.
Grâce à l'interactivité et au son, il peut s'entraîner à lire, soit en écoutant l'histoire, soit en la lisant à son tour et à son rythme.

Avec les applications *premières* **lectures**, votre enfant aura encore plus envie de lire… des livres!

Toutes les applications *premières* **lectures** sont disponibles sur l'App Store :